KB199603

오늘도 당신을 본다는 기적

이성애

반달뜨는꽃섬

오늘도 당신을 본다는 기적

서문

누구나 있었습니다 꿈 많은 청춘도 있었습니다. 그러나 삶은 일곱 색깔 무지개 만은 아닙니다. 비 오고 폭풍우 치는 날도 있었습니다. 굴곡진 삶 속에 응어리가 있습니다. 글을 쓴다는 것은 치유입니다. 가슴 속 깊은 곳 응어리를 풀어내고 꿈속만 같던 내 삶을 다시 예쁘게 칠해봅니다

내가 시를 쓰는게 아니고 시가 나를 씁니다. 나의 삶을, 내 생각을, 미래를, 나의 염려까지 모두 시에게 풀어냅니다. 시와 나는 손을 잡고 당기고 밀고 함께 갑니다

삶과 죽음 자연 우주가 모두 하나 입니다. 우린 피고 지고 다시 피고 모르는 힘에 끌려 태초로 돌아갑니다.시인과 독자도 하나 입니다 서로의 넋두리를 들어주는, 우리 모두가 시인입니다

시를 쓰는 것 읽는 것 모두 치유입니다. 내가 쓴 시가 나만을 위한 치유가 돼선 안된다고 생각합니다.

내 글이 조금이라도 내 글을 읽어주시는 독자 분들에게도 공감이 되고 도움이 되면 좋겠습니다.

목차

3부. 황혼

4부. 미래에서 올 아기들에게

1부

노인과 아이

등굣길

손녀와 할배의 등굣길
마을 보도 한가운데 화단
꽃들이 옹기종기 모여 앉아
나누는 정담에 손녀와 할배가 끼어듭니다

'너도 부추' '나도 부추' 아이는 깔깔대며
꽃들 이름을 불러줍니다

아이는 말도 안 되는 이야기를 잘도 합니다
할배는 아이 이야기를 들으며 행복하게 웃습니다

가을 코스모스를 닮은 아이는
하늘하늘 흔들흔들 대며
할배 손을 잡고 학교에 갑니다

할배는 아이의 말도 안 되는 이야기를
두 손 가득 담아 옵니다

할매와 할배는 가을 향기와 손녀의 이야기로
흠뻑 취해 봅니다

마음 거리

가까운 사람끼리
마음 거리를
두어야 합니다

사랑하는 사람들끼리
몸 거리 마음 거리
두어야 합니다

딱 붙어 있으면
귀여운 코도
미소를 머금은 입매도
볼 수 없어요

딱딱 붙어 있으면
따스한 눈웃음도
알아챌 수 없어요

서로가 서로를
당길 수 없어요

훈남 남친

남친과 맨날 맨날 데이트 하죠
훈남에다가 상남자

데이트 비용도 기꺼이 내가
더 못 해줘서 안달이죠 왜

매력이 철철 넘치니까
나 없으면 안 되는 내 남친이 있어
하루가 꼭 찬답니다

먼 훗날 네 살 손주 녀석도
누군가의 남친도 되고 결혼도 하겠죠
장담컨데 지금의 내 남친 보다
사랑스럽진 않을걸요

노인과 아이

한 여자아이가 엄마 팔베개하고 누워있어요
고즈넉한 한옥 대청마루에

그 아이는 아무것도 모릅니다
엄마와 아이 밖의 세상은

2023년 하얀 피부를 가진 이 세상에서
제일 귀여운 한 여자아이가
할머니 팔베개를 하고 침대에 누워 있습니다

할머니와 그 여자아이는 아무것도 모릅니다
그 후에 세상에 대해서

한옥 대청마루에 누워있던 그 아이는
지금 그녀의 손녀에게
팔베개를 해주고 있습니다

할머니는 손녀에게
모든 것을 다 주고 싶습니다

모든 것을 다 알려주고 싶습니다
그러나 노인도 아이도 아무것도 모릅니다

절구갱이 사랑

실연의 아픔 이겨내고 사랑하기
손주에겐 언제나 실연당하기
손주를 이뻐하느니 절구갱이를 이뻐하라는
옛날 할머니들 말씀

남녀 간 사랑도
너무 일방적인 사랑은
시시하고 너무 쉬워
값을 쳐주지 않는다
손주 사랑도 마찬가지다

또 하나 배워간다
이 나이에 사랑에 대해서
대가 없는 사랑
절구갱이 사랑

거절당하고 반쪽이 돼도
계속 사랑할 수밖에 없는 것이
진정한 사랑이라는 것을

할미꽃

하얀 머리털을 이슬로 감고
한낮 볕으로 바싹 말려
머리 틀어 쪽을 찌고

오며 가며 인사하는 사람들에게
고맙다 반갑다 웅대하며

저마다 자태를 뽐내는 꽃들에게 말해줍니다
피고 나면 꽃은 곧 지고 만다고
지고 나면 달고 단 열매를 거둘 수 있다고

자만한 사람들에게도 속삭입니다
달고 단 열매가 독이 될 수 있다고

어느 묘비 옆에서 기막힌 사연 듣느라
할미꽃 등이 굽은 사연을

내가 필요해

자기 말만 해
누구나 들으려고는 하지 않고
들으라고만 하는데

내가 얘기할 시간이 필요해
들어줄 사람 없어도 괜찮아
나 있자나

곁을 내줘서 고마워
미안해 여기 있었다는 걸 몰랐어

얘기 들어 줘서
오늘도 즐거웠어
이제 같이 걸어가면 돼

내 꿈이 알아채 줄 때까지
멈추지 않고 가다 보면
내가 좋아할 내가 거기 있을 거야

소크라테스 부인

나는 다 보이는데
너는 네 자신을 볼 수 없어요
너는 나를 알 수 있지만
나는 내 자신을 알 수 없어요
그래서 부부가 됩니다

너는 나를 나는 너를 보아줍니다
서로 보이는 것을 말해줍니다
서로가 아는 것을 알려 주려 합니다
사랑 하니까요

말을 듣던지 말던지
마주 보던지 돌아서든지 어쩔 수 없어요
사랑하니까요

'너 자신을 알라'
아마도 악처로 소문만 무성한
소크라테스 부인의 말씀 인지도
모르겠습니다

부러진 날개

날개를 달아 주겠다고 말합니다
훨훨 날으라고 합니다
지가 뭔데   속으로 중얼댑니다
나는 날개를 접습니다

내 무거운 날개를
뉘일 곳이 필요한데
날개를 접고
잠시 기댈 곳이 필요했는데

황량한 들판에서
외롭고 무서워서
낯 설은 숲에서 길 잃은 사슴처럼
헤매다 지쳐서 쉴 곳이 필요했는데

그이도 날개를 원합니다
자유의 날개를
나는 날개를 숨깁니다
마침내 날아오를 그날까지

즐거운 인생

남자와 여자를 만든 것은
신의 장난이고
그 사이에 아이를 만든 것은
신의 시험이다라고 했던가

장난에 맞춰 흥이나 놀아 보지도 못하고
시험에 들어 우등생도 못 해 봤다
내 인생 돌릴 수 없고
남은 삶을 물릴 수 없다

깨도 볶았고
때로는 콩도 볶았지만
지나간 추억은 모두 아름답고 빛난다

오늘부터 즐거운 인생과 나의
일일이다

천국인가

천국에 온 건지 몰라
얼마나 힘들게 왔는데
자궁 속에서 발도 못 뻗고
엄마한테 빨대 꽂고

그깟 고생쯤이야
천국인데
후 숨 한번 쉬고
즐기면 돼

저승은 신비한 빛이 비추는
동굴을 따라가면 나온다던 그곳

검은 제복의 리무진을 따라 걷고 뛰던
대통령 수행원 같은 그들과
배를 타고 안개 낀 강을 건너면 거기

여기는 이생이라는 천국
그깟 고생쯤이야

천국인데

공덕동

고향이 어디냐고 물어보면
서울이에요 하면
왠지 고향 같지 않은 느낌이 있다
고향을 잃은 사람처럼

서울 도로가 끊긴 쯤에
언니 오빠들이 멱감던 한강
한 시간도 더 걸어 남영동 학교 가는 78번 버스 종점 서강
옛날 마포나루에 배가 들어왔을 새우젓 동네
공덕동 내 고향이다

그 옛날 아들 고종에게 유폐됐던 대원군의 별장이 있던 곳
6.25 비극이 지나간 한강 변

큰살림에 지친 엄마 심부름
동네 골목 양조장에서 받아온 쇠주 한 사발에
모든 시름을 잊으셨던 울 엄마
역사와 추억이 버무려진 그곳

어머니 공덕으로
구 남매 막내로 태어난
반길 사람 하나 없는 그곳 공덕동에
어린 딸과 엄마가 있었다

파도

구 남매의 끝자락 골골대던 아이는 어른이 되자
웃음도 울음도 잊은 여자가 되었습니다
그녀의 웃음은 공중을 맴돌고
그녀의 울음은 혈관을 따라 소리 없는
실개천이 되어 흘렀습니다

기쁨 슬픔 미움까지도 그 속에서 마구 섞여
강을 돌아 여울을 만났고 고난과 역경을 견디며
큰 바다로 나아가 너울을 마주했어요
노련한 뱃사람처럼 너울을 건너 파도를 넘어
피안의 바다를 향해 나아갔습니다

그새 내가 편애한 찌꺼기들이 혈관 속에 남아서
피를 더럽히고 살을 파먹을 때까지도
나는 그 바다에서 노닥거리며
가벼운 바람에 흔들리고 있었습니다

인생은 끝없는 파도와 만나는 일입니다
그 여자는 노인이 되어 다시 골골거리며

겨우 찾은 미소를 보이며 울음을 참고
언니 오빠들을 하나둘 곁을 떠나보내며
내 파도의 끝을 구하고 있습니다

* 여울과 너울은 제 딸들의 이름이기도 합니다

딸이 딸 했다

엄마가 되게 했고
철없던 구 남매의 막내딸이
어른이 되게 했다

겁 많은 순둥이 엄마가
내 딸을 지키기 위해
용감해지고 참을 줄도 알고
화도 낼 줄 알게 되었다

산도 넘고 물길도 헤치고
딸은 엄마가 되었고
내 엄마의 딸이었던 엄마는
이제 이 말을 전하고 싶단다
딸아! 네가 내 딸인 것만으로도
딸이 딸 했다

천년 인연

하늘이 나에게 천년을 허락한다면
당신한테 다 쓰겠오라는 노래가사만으로
가슴이 왠지 먹먹하고
눈물이 앞을 가립니다

천년 중에 아직 백 년도 못살고
우리 그이가 천년 인연인지 아닌지 어찌 알랴 ?

그래 시세 말로 그까이꺼
지금부터 몇십 년쯤이야
내 남편한테 최고로 잘해주지 뭐 ~

그 복덕으로
다음 생에 천년 인연 만날 줄
그 누가 알랴

거북이

"거북님 거북님"
나 어릴 적 아빠는 술이라도 한잔하시면
집 앞 자식들을 홀로 키우는
과붓집 과일가게에서
팔다 남은 과일을 떨이해서
가슴 한가득 안고
엄마를 부르시는 아빠의 음성입니다

아빠의 눈에는 엄마가 느릿느릿 답답해 보였을까요
보란 듯 엄마는 아빠의 밥상을 순식간에 차려 냅니다
구 남매의 울고 웃던 아홉 가지 인생을 같이 살아낸
거북이의 참을성을 가진 분입니다

나는 엄마를 똑 닮은 거북이입니다
천천히 갑니다 쫓기는 것이 싫습니다
어차피 인생은 백 미터 달리기
악착같이 살아봐야 백년도 못사는데
몇 초 빨리 가면 무엇 하겠습니까
천천히 이쪽저쪽 보면서 억울한 사람도
봐주며 같이 갈 거예요

만약에 다음 생에서 엄마 거북이와
어떡하든 다시 만날 수만 있다면
거북이 딸과 엄마는 거북이처럼
수백 년도 함께 살래요

기다림

기다림이 싫어요
천천히 하지만 쉬지않고
걸어 왔어요

무언가를 기다리면서
살아온 것 같아요

무엇을
기다렸나요
잊었나요

황금을 마구 써버리면서
남아도는 줄 알았어요
무엇과도 바꿀 수 없는 시간을

더는 기다리지 않을래요
바로 앞에서 내가 서있던 줄이

매진돼서 끝날 지도 모르니까요

애인이 있어요

애인이 있어요
하늘땅만큼 짝사랑하는 애인이 있어요
네 살 내 손자입니다

세상 어디에 이런 사랑 있을까요
보고 있어도 보고 싶은
난 이런 사랑 해 본 적 없는 것 같아요

그 사랑이 나를 철들게 합니다
엄마들의 애틋한 아들 사랑도
세간의 흔한 고부 갈등도 이해가 됩니다

감히 할머니가 말합니다
엄마야 마음 다치지 말고
그런 사랑 몇십 년 독점했으면
쿨하게 며느리에게
그 사랑 내어주세요

남의 집

시집에선 서서 먹는 게 편하다
왜 그럴까요
남의 집이니까 그렇죠

왜 남의 집보다 더 불편할까요
남의 식구를 빌려 쓰고 있어서 렌트비?

모르는 사람끼리 만나
한 가족이 된다는 것이
영겁의 세월 지나
그 인연의 끈을 겨우 잡았을 텐데

전생에서 빚을 져서
그 빚을 갚는 것 아닐까요

어쨌든 난 소형차 빌렸구요
큰 차면 엄청 힘들었겠네 휴

안의 해

안해는 안의 해
안해라는 이름에서 지금의 아내가 유래 되었다고
어디선가 들은 것 같아요

지금은 어디서도 그 말을 찾아볼 수 없어요
그 뜻도 어원도 세상에서 사라지듯
집안의 해도 사라졌어요

안해가 집집마다 따뜻한 빛을 비춰 주고
혼미한 길을 밝혀 주지 않는다면
세상은 차갑고 칠흑 같은 밤이 될 거예요

물을 주고 밥을 주고 사랑을 주고
아낌없이 모든 것을 내어주면
사과나무에는 탐스러운 열매가
주렁주렁 달릴 거예요

안해는 사과나무 한 그루를
다시 심을 거예요

우리가 가야 할 길을 비춰 주는
집안의 해 입니다

2부

오늘도 당신을 본다는 기적

금빛 추억

인근 저수지에 갈대가
어서 오라며 손짓합니다

가는 해가 저수지에게
금빛을 줍니다

저수지는 갈대에게
금빛을 줍니다

갈대가 나에게 속삭이며
금빛을 줍니다

나는 추억에게
금빛을 입힙니다

패랭이꽃

당신은 참 예쁜 사람이예요

두 손으로 안아 올려 내 모자 위에

살포시 얹고 바쁜 걸음 재촉하랴

당신 머리 서리 내린걸

이제야 알았네요

눈모자

계절도 잊은 채
유채꽃 담배 꽃 패랭이꽃 철없는 꽃들이
겨울이 건네준 눈 모자를 쓰고
나들이 준비를 하려나 봐요

겨울이 먼저와 기다리는데
본체만체 떠들썩하게
고깔모자 빵모자 쓰고
봄 마중 가려나 봐요

빨간 정장에 하얀 눈 모자를
멋지게 빗겨 쓴 맨드라미는
겨울 에게 인사하네요

추위를 이겨야 꽃망울을 터트리듯이
시린 겨울이 가면 봄이 오는 것을
잘 알고 있다는 듯
고달픔을 털고 반갑게 설 마중 합니다

오늘도 당신을 본다는 기적

오늘도 당신을 본다는 기적에
감사합니다

내일은 없는 듯
모른 척 할래요
알려 주려 하지 마세요

따뜻해요 다정해요
넘치지 않아요 당신

오늘만 기억할래요
내일은 다시
내일의 오늘만 기억할래요

오늘 당신을 사랑합니다
내 그릇만큼
성에 차지 않아도
내 사랑입니다

당신과 같은 땅을 밟고 있는
기적에 감사합니다

화초장

설레던 만남 회한의 눈물
화려한 일탈 숨기고 싶은 비밀
찬란했던 젊음과 어리석은 실수
뼈아픈 상처와 절망까지도 과거에 나의 친구들

부르면 찾아주고
갑자기 찾아와
위로를 건넨다

언제나 꺼내 볼 수 있는
나의 소중한 친구
우린 그렇게 수다도 떨고
싸우기도 하고 서로 토라져
다신 안 볼 듯 헤어지지만

언제나 다시 찾아와
짓궂게 놀러 대며
귀찮게 하곤 한다

난 다시 그 녀석들을
추억으로 싸매어
잊혀진 이야기 속 제비가 주고 간
화초장에 넣고
장문을 잠근다

마음 눈

[부제 : 언니의 마음 눈]

꽃들을 보고 있어요
파란 하늘에
새가 날아갑니다
나무에 앉았어요

새들의 소리가 들리네요
만난 음식을 나누며
재미난 얘기를 하나 봐요

나도 웃고 있어요
구경하고 있어요

여행이 끝나면
만나러 갈 거예요
파랑새를 따라서

하늘나라에 계신
울 엄만 진즉
마중 나와 계실 거예요

다르기 때문이죠

사랑하는 사람의 장점으로 보이던 것이
살다 보면 단점으로 보입니다

나랑 다르기 때문이죠
장점과 단점은 본디 다른 것이 아니라 같은 것
단점도 성공하면 장점 되고 실패하면 유죄

장점을 살리라는 말 살리기만 하면 안 돼요
다듬고 쳐낼 건 쳐내야 합니다
단점은 더 잘 보살펴야 합니다
남아도는 사랑으로 괴물로 크지 않도록

사랑해야 합니다 장점도 단점도
참고 인내해야 합니다

칠순의 트로피

이쁜 카드에 트로피를 그려서 주었어요
변덕스러운 시어머니 모시고
형부는 사람 좋고 자기 밥그릇도 못 챙기는 사람이었죠
언니는 고생 모르고 자랐는데
몸 마음고생이 이루 말로 다할 수 없을
그런 세월을 견디고
두 아들 잘 교육시켜 결혼시켰죠
그새 언니의 청춘은 간데없고
칠순을 맞이하게 되었습니다
이제야 숨이라도 한번 편히 쉬어 봅니다
언니가 나한테 입버릇처럼 하던 말
자기 칠순에는 트로피를 받고 싶다고 했어요
견뎌온 세월만큼 제 등 두드려주고 싶은 마음이었겠죠
난 그 말을 듣고 맘먹었죠
종로에 가서 번쩍이는 황금색 트로피를 사서
선물 하리라 생각했었지만
정작 칠순에는 주는 사람이나 받는 사람이나
쑥스러울 것 같아 그림 카드로 대신했죠

이 아무개는 칠순을 맞아 훌륭히 맡은 임무를 잘 수행하였
기에
이에 상장과 트로피를 수여함 아니고
"트로피 충분히 받을 만해 언니"
"내가 아는 누구보다도 더 애썼어"라고
언니는 기쁨에 눈물로 응답했습니다

바람 기억

바람은 내가 좋아하는 나무에 찾아와
심술을 부립니다

바람은 내가 아끼는 꽃들을 발 걸어
넘어뜨리기도 합니다

그리고는 나에게 성난 듯 소리도 칩니다
나는 조그만 소리로 속삭입니다

너를 기억해
네가 내 친구들 손을 살며시 잡고
나에서 속삭여준

그날의 아름다운 노래를

꿈 구멍

꿈은 없었다.
살다가 살다가 잊어 버렸다
꾸지도 않은 꿈을
꿈길에서 잃어버렸다

다시 찾지 않으니
멀리 떠나갔다

또 살다가
꿈을 꾸듯 살아 내다가
수없이 스쳐 갔을 꿈을 찾았다

구멍이 있었다
한숨 헛숨 어깻숨 구멍

그 구멍에 꿈이 숨어 있었다

우리 소리

소리가 들렸어요
자연의 소리 해금 장고 나발 대금 꽹과리
저건 뭐죠 바다처럼 생긴 바닷소리 나는

바람이 스쳐 가요
바닷소리가 멀리서 들려옵니다

하늘과 땅에서
거역할 수 없는
운명의 계시를 들었던 것 같아요

사람들의 소리가 발자국 소리 함성 소리
가슴이 두근거려요

파도 소리와 바람 소리에
다시 세상이 평온 해집니다

나지막한 소리가 들려옵니다
쫓기며 삶을 살지 말라고 합니다

부부싸움

고깃국에 물타기
잘 때 불 켜기
외출할 때 밍기적 대기
못 들은 척 하기
미움 한 사발에
사랑 한 숟갈 추가

참아 주어야 하는 이유

부부가 살면서
참아 주어야 하는 이유가 있습니다
장미 가시에 찔려 상처가 나도
사랑할 수 밖에 없습니다
서로 바라볼 수 밖에 없습니다

예쁜 추억이 얼룩지지 않으려면
후회하며 돌아보느라
돌부리에 걸려 넘어지지 않으려면
삶이 고달파도 앞으로 나아가려면
참아 주어야 하는 까닭이 있습니다

풍요로운 수확을 끝내고
고요한 휴식의 강 너머를 마주하는
온전한 부부가 되려면

한쪽에 온전히 기대거나
아무것도 기대하지 않아야 합니다
엄마와 아기처럼

신 앞에 선 우리처럼

나들목

햇살이 따갑다
곡식이 익어간다
나도 익어간다
해가 들고 지는 나들목에서

열매가 달다
꽃이 지기 때문이다
석양이 아름답다
해가 지기 때문이다

지는 해를 두려워하면
달빛도 없다
달빛이 차갑다
나도 천천히 식어간다

눈을 감는다
내일의 나를 깨우기 위해
해가 지고 달이 뜨는 나들목에서

누구나 있었습니다
[부제 : 글은 치유입니다]

누구나 있었습니다
꿈 많던 청춘도 있었습니다
그러나 삶은 일곱 색깔 무지개는 아닙니다
비 오고 폭풍우 치는 날도 있었습니다
굴곡진 삶 속에 응어리가
여기 있습니다
가슴속 깊은 곳에

글은 치유입니다
풀어냅니다 응어리를
칠해봅니다 꿈속만 같던 내 삶을
빨 주 노 초 파 남 보 예쁘게

늙어서 좋다 1

늙어서 좋다
편해서 좋다

사람을 바라도 보고
바라보는 시선을
덜 의식할 수 있어서 좋고

아름다운 것을 보고
느끼고 만질 여유가 좋다

사랑 받길 기다리기보다
사랑할 사람이 많아서 좋다

늙어서 좋다 2
[부제 : 동창이 좋다]

동창이 좋다
편해서 좋다

낯이 익거나 설거나
같이 늙어가서 좋고

성공한 너도 평범한 나도
빛바랜 앨범 속에서
다 같은 동창생이어서 좋고

고목처럼 긴 세월
혹독한 비바람 견뎌낸

대견하고 측은하고
안쓰러운 내 동창생이
꼭 나만큼 늙어서 좋다

죄와 벌

늙는다는 건 신이 내린 벌일까요
하나둘 쌓이는 추억만큼

알게 모르게 잘못을 하고
우리의 죄도 함께 쌓여가는 것이 아닐까요

늙는다는 건 쌓인 죄만큼
신이 내리는 벌이 아닐까요

어느 날 현대 의술도 어쩔 수 없는
추하고 주름진 얼굴 구부러진 다리가 보입니다

이젠 그녀를 더는 미워할 필요가 없을 것 같아요
이미 벌을 받고 있으니까요

아름다운 이별

이별도 아름답다
만남이 있기에
만남도 아름답다
또 다른 만남을 기약하며

선택할 수 없는 만남과 이별이 있다
내 부모의 자식이 된 것은
내가 선택한 것이 아니고

내가 언제 어떻게 사랑하는 사람들과
이별해야 하는지 선택할 수 없지만

꿈꾸듯 아름다운 이별을 하고 싶다
아무도 아프게 하지 않는

알프레드와 제니

알프레드와 제니는 같은 학교에 다니고 있었습니다
제니는 항상 목에 스카프를 하고 있습니다
알프레드는 그런 제니가 특별해 보였어요
제니도 알프레드가 싫지 않았어요
세월이 흘러 알프레드와 제니는 어른이 되었어요
그들은 서로 사랑하게 되었습니다
알프레드는 제니에게 프로포즈를 했습니다
제니와 알프레드는 결혼을 하고 행복하게 살았어요
알프레드가 제니에게 스카프를 풀어보라고 했습니다
제니는 나중에 풀겠다고 했습니다
알프레드와 제니는 노인이 되었습니다
어느날 제니가 아픕니다
제니는 병석에 누워
알프레드에게 그녀가 죽으면 스카프를 풀라고 했습니다
제니는 숨을 거 두고 알프레드가
제니의 스카프를 풀자
제니의 목이 뚝 떨어졌습니다
제니는 알프레드에게 보여주고 싶지 않은 것이 있었겠죠

알프레드도 알려고 하지 않았어요
그들은 행복하게 살았어요

3부

황혼

밥

밥을 차린다
밥을 먹는다

꾸역꾸역 밥을 먹으며
힘들게 주어진 삶을 헤쳐 나갔다
우린 그렇게 서투른 서로를 뜸 들이며

칠십에 오늘도 밥을 차린다
이제는 더없이 소중한 한 사람을 위해

밥이 설어도 질어도 괜찮다
내 옆에 남아줄 끝 사람을 위해

같이 먹을 수 있어서 다행이다
비로소 서로를 서로에게 다 내어 주었다

황혼

헤어지기 싫어
애 가탄 해님은
온 하늘을 붉게 물들이고

구름은 해님을 위로하며
하늘 위에 은실 금실 수를 놓는다

지는 내 젊음 아쉬워
구름으로 엮어서 노을에 걸었건만

기우는 황혼에
멀리서 지켜보던 달님도
차라리 잠을 청한다

푸르름을 섞어
보랏빛 비단 이불을 펼친다

어디 있는지 아시나요?

무지개다리를 건너가야 합니다
내가 사랑하는 사람들이
무지개다리를 건너갔습니다
무지개다리가 어디 있는지 아시나요

길을 잃었어요
푸른 숲에서 새들의 노랫소리에 취해
별도 없는 들판에서 외로움에 떨며

뜨거운 사막에서 물을 찾아 헤매다
바다와 하늘 땅이 맞닿은 곳에서
길을 잃었는데
어디 있는지 아시나요 무지개 다리가

어느 날 길을 가다가 낯이 설은 골목에서
누군가 무지개다리는
요양원에 있다고 일러줍니다

여린 잎

그럼에도
착하게 살았어요
착한 것은 무엇일까요

가시덤불에 뒹굴며
상처 나고 피가 날지언정
아무에게도 상처 주지 않으려고
착하게 살았어요

여린 잎은 나를 비추어
풀잎 속 작은 미물 하나도 밟지 않으려고
걸음걸음 그 놓을 자리
살피며 살았어요

두발을 굳게 박고
더위와 추위를 견뎌내고
비바람도 막아냈죠

여린 잎은 잎이 무성한 나무가 될까요
꽃이 피고 열매가 달까요
과육은 제 살을 맛보게나 할까요?

영리한 사람은 열매를 차지합니다
무심한 농부는 다시 씨앗을 뿌립니다
그럼에도 여린 잎은
쏘옥 착한 얼굴을 내밉니다

할 수 없다

떠나라고 하지 않았는데
붙잡아도 떠나는 것을
할 수 없다

죽는 것도 할 수 없다
사는 것도 어쩔 수 없다
사는 것만 좋은 것도 아니고
죽는 것도 나쁜 것만은 아니다

서둘러 가면 아쉽다 할 것이고
그렇다고 지체하면
모두가 아프고 힘들다
이만해서 가는 것도 나쁘지 않다

해가 뜨고 지듯이
꽃이 피고 지듯이
오늘이 가면 내일이 오고
떠나가면 돌아오는 것이다
다음 생애가 있다면 다시 만날 것이다

글 길

내 머릿속은 항상 시끄럽다
생각이란 걸 하고 싶지 않을 때도
끊임없이 생각들이 찾아온다

휴업이라고 팻말을 내어 걸어도
아이들과 디어들이 찾아온다

걱정, 근심, 같은 잡상인도 들락거리고
나의 게으른 팔다리는 불평을 해댑니다

비워야 합니다 여러분 글 길로 나가세요
머릿속은 만원사례입니다

* 2연 아이들과 디어들이 찾아온다는 뜻은?
  · (idea / 생각, 구상) 아이디어
  · (I, dear / 나, 사랑하는) 아이, 디어의 영어의 소리와 뜻을 빌려옴

미소 우화

[부제 : 개미와 베짱이]

남편 개미는 땀을 뻘뻘 흘리며 .
일을 해요
아내 베짱이는 시를 씁니다
남편 개미는 행복하다 말합니다
바라보면서

아내 베짱이는
요리를 해요
남편 개미는 행복하다고 말합니다
먹으면서

남편 개미는 일년내 지은 농사를
수확합니다
베짱이 아내는 노래를 부릅니다 베짱베짱

남편 개미와 베짱이 아내는
불을 땝니다

배추 전에 소주 한 잔
행복하다 말합니다

* 미소는 작가의 호

그 젊음 말인가요

만개한 작약처럼 화려하고
연분홍 진달래처럼 싱그러운
젊음 말인가요

이 세상이 모두 내 것 같은
나에게 내일은 없다는 듯 내달린
젊음 말이죠

시리고 아팠던
가진 건 없어도 꽉 찼던
그 젊음
젊은이들은 절대 알 수 없죠

쓰지않은 시

[부제: 詩 와 詩]

수천 가지 수만 가지 쓸 수 있었지만
쓰지 않은 시가 있다

수천수만 마디 할말이 있었지만
하지 않았다

수천수만 갈래 생각은 했지만 가지 않았고
오직 말없이 이 길을 가고있다

어디에서 와서 어디로 향해 가는지도 모르고
쓰지 않은 시를 쓰면서

가지 않던 길에 이끌려
시와 시를 쓰면서
함께 가고있다

그러지 않아

예수님 부처님 성모님 마호멧님
그렇게 옹졸하지 않아
타 종교 믿는다고 천당 갈걸 지옥 보내고 그러지 않아

점수를 매기고 레벨 따져 천당 표 주고
매진됐다고 지옥으로 가라고
그러지 않아

괜히 종교 앞세워 서로 싸우고
우리 얼굴에 먹칠하지 말라고

나를 믿는다고 너만 이뻐하고
그러지 않아

연옥도 만원이야
암표 팔고 사고 서로 밀고 당기고 하지 말라고
천천히 잘 살다 오라 그렇게 가르쳐도 몰라

언제 철이 들 거야
철 들으면 죽는다던데
철들 때까지 근처에 얼씬도 하지 말라고
여기 물 흐리지 말고

내 인생의 화양연화

꽃 한 송이가 고목에서
아홉 번째로 피었습니다

그 모양새가 어리고 가냘퍼
사뭇 안쓰러울 지경입니다

늙으신 부모님 공덕으로
년년이 꽃은 피고 지고

어린 딸도 이제 고목이 되었습니다
고목에도 꽃은 피었죠

고된 세월 모두 견뎌낸 지금
내 인생의 참뜻을 알아가는
화양연화입니다

기억들

붙이면
다시 부서지고

쪽이 떨어져 나가고
닳고 무뎌진 조각들을 주어

한 조각 한 조각 붙여
활동사진을 만들어 봅니다

조각조각 깨어진 기억을
들여다봅니다

지나간 기억들은
어떤 슬픈 제목도 어울리지
않습니다

행복이라는 이름입니다

아 눈꽃 아름다워라

아 눈꽃 아름다워라
천국이 있다면 이 모습이어라
어떤 눈에도 밝음을
채우지 못하리라
청결함을 담지 못하리라

우크라이나 가자지구에서
더러운 욕망과 변명으로
세상을 핏빛으로 물들이는 자
흰 눈으로 덮어 버리리라
씻어 버리리라
다시는 고귀한 영혼을
더럽히게 하지 않으리라

순결한 눈꽃이 피게 하리라
어떤 색으로도 물들지 않게 하리라
천상의 색으로 영원히 가리라

미안하다 사랑한다

아프지 마라
자식은 건강만 하면
부모에게 구십 점 우등생

미안하다 사랑한다

나 고희입니다

무슨 일을 해도
잘못됨이 없는 나이인가요
이름은 예뻐요

고희야~
네~ 고희입니다
먹는 것도 절제가 안 되고요
보고 싶은 것도 많구요
칭찬을 들으면 풍선 달고
하늘까지 둥둥
일곱 살 아이

아프면 서글프고
헐레벌떡 따라가도
모르는 것이 너무 많아
억울한 노인 아이

가벼운 말에도 상처받고
훌훌 털어 버리지도 못하는

나 고희 입니다

흰옷을 입은 사람은

흰옷 입은 사람은
순결하게 보였다 흰 꽃처럼
흰옷을 입은 사람은 청렴해 보였다
지조를 지킨 옛 선비처럼
흰옷을 입은 사람은 크게 보였다
산신령처럼
그 앞에선 작아지고 발가벗겨진
거짓 없는 아기가 된다
'내 도끼는 흙 도끼입니다'
라고 말할 수밖에 없다
흰 가운을 입을 수 있는 사람들은
특별한 사람들이라 생각했다
거짓말도 하얀색일 것 같았다
히포크라테스 약속을
저버리지는 않을 거라 생각했다
선열들은 나라와 후손들을
지키려 제 목숨을 초개와 같이 바쳤는데
환자들의 목숨을 헌신짝처럼 버리고 떠난 이들은
백의의 민족에서도 선택받은

그 백의를 입은 그들 맞는가
엄마의 젖줄을 기다리는 아기처럼
그저 기다릴 수밖에 없는 환자들을 두고
흰 쌀밥이 목에 넘어가는가
승리와 이기의 하얀 깃발이 아닌
사랑과 희생 힘없는 병자들을 위한
자애의 항복의 깃발이면 안 되겠는가
더 오래 자랑스럽지 아니하겠는가

어쩌란 말인가요

'아무것도 하지 마라"
어느 노인의 말씀
맞는 말 인지도 모르겠습니다
너무 애쓰고 살지 말라는 얘기

참 공교롭기도 하죠
바로 전에 다짐했거든요
가는 그날까지 손발 열심히 움직이고
배워가며 생각이란걸 하며
내 맘속에 부처님을 향해 가겠다고요

이마저도 욕심인가요
바루를 들고 거리로 나가지 않는 한
어쩌란 말인가요

아름다운 것이 보이는데
바람이 이렇듯 상쾌한데
해님이 너무 따사로운데

우리 모두 끝을 알고 가는 인생길
아무것도 할 수 없기 전에
신이 불러 주시기를 기도하며
슬픔은 삼키고 외로움은 감춥니다

아버지

불러 드린 적이 있던가요
말해 드린 적이 있던가요
아버지하고
사랑해요 라고

손 한번 잡아드린 적이 있었나요
왜 마음속 깊은 곳에
항상 거기에
계셨던 것조차도
알지 못했을까요

마음속에만 두었어요
꺼내 보지도 못했어요
잊고 있었던 건 아닐까요

제가 무엇을 말하고 쓰고
웃고 울 자격이 있을까요
사랑했어요 아버지 어제도
사랑합니다 오늘도

매일매일 사랑한다 말해 드릴 거예요
아버지 계신 곳을 알았습니다
바로 여기

비망록

사람은 이름을 남기고
호랑이는 가죽을 남긴다는데
이름과 거죽은 못 남겨도
인생은 무엇이 되었느냐가 아니라
어떻게 살았는지가 중요하지 않을까

아쉬운 건 반짝이던 그 젊음을
아름답고 소중한지 모른 어리석음
미루며 겉핥기로 살아온
자신에게 드는 미안함

겁 많은 나
가족을 위해 치열하게 살았고
행복했지만

정작 인생의 깊은맛은 무얼까
다음 생엔 나만을 위해 불꽃으로

살아 봐야지

4부

미래에서 올 아기들에게

파랑새는 어디에

파랑새를 찾아 길을 떠났어요
친구들과 행복을 찾아
초록색 별을 지나 주황색별 너머로

옥이 철이 우리 반 아이들도 뿔뿔이 헤어졌어요
그날 하늘에서 하얀 섬광이 비쳤는데
하얀 비가 오래오래 내렸어요

파랑새를 찾으면 꼬옥 안아주면서
파란 별 지구를 봤냐고 물어 볼 거예요
은하수를 건너갔을까요

지구를 찾으면
파랑새와 친구들을 만날 거예요
많이 보고 싶었다고 말할 거예요
지켜주겠다고 말할 거예요

내 가슴에 품어 따뜻하게 해 줄 거예요
지구에서 오래오래
함께 살 거예요

내 안에 우주가 있습니다

내 안 우주에서 별들이 반짝입니다
구름이라도 가리는 날이면
별들도 빛을 잃어버리고
달님도 숨죽이고
나를 다독입니다

해님이 구름 걷고
별들을 재우고
하늘은 산도 바다도
파랗게 칠합니다
나는 헤엄치며
산과 들을 내달립니다

지친 나를 일으켜
칠흙같은 우주로
별들을 찾아서
먼 길 나섭니다

내 별은 큰소리를
싫어합니다
별에게 말을 건넵니다
작은 소리로

별이 내려와
네가 우주야
다 알고 있었다는 듯이
반짝여 줍니다

젊음이 운다

젊음이 운다
부럽고 아쉬운
젊음이

늙음이 운다
젊음이 아까워

늙은 게 슬픈지
젊은 게 슬픈지 모르겠다

젊음이 웃는다
꿈을 꾸면서

늙음이 웃는다
인생이 꿈이기에

사는 것은 아픈 것이고
꿈을 꾸며 살아 내는 것이다

침묵

시를 찾아갔지만 시는 없었다
오장육부 어딘가에서
숨죽이고 기다린다
쫓으며 도망가고 갑자기 찾아온다

기다린다 시인은 시를
시는 시인을 갈망하면서
제 발로 찾아올 때까지

시인은 침묵한다
서로를 알아볼 수 있을 때까지
모두가 침묵한다
시인처럼

마침내 시가 말을 건다
시인은 차가운 머리로
애를 끊어내듯 심장이 터질 듯
소리친다

사랑은 1
[부제 : 꽃처럼]

사랑은 나와 너를 버리는 것입니다
서로가 서로를 놓아주는 일입니다
내가 우리를 쬐어주는 것입니다

사랑은 늘 함께하는 것입니다
서로의 이름을 불러주는 것입니다

물을 주는 것입니다
그 물을 마셔주는 것입니다.
꽃이 되는 것입니다

사랑은 보아주는 것입니다
꽃처럼 사랑으로

사랑은 2
[부제 : 꽃향기를 기억하며]

같은 곳을 봐야 합니다
사랑하기 위해서

다른 곳을 봐야 합니다
사랑을 지키기 위해서

마주만 보면.
사랑이 파랗게 질리니까요

사랑의 시작은 보아주는 것입니다
꽃처럼

사랑의 끝은
보고도 넘어가 주는 것입니다
꽃향기를 기억하며

미래에서 올 아기들에게

미안하다 할머니가

깨끗한 지구를 물려주지 못해서
힘든 세상을 물려줘서

오존층이 파괴된 달궈진 지구
어린 물개 백곰들이 사라져간 지구
누구나 똑똑해야만 살 수 있는 세상

미안하다 할머니가

아무것도 모르고
아무것도 해 줄 수 없는 할머니는
단지 너희에게 말해줄 수 있단다
옛날이야기를

깨끗했던 지구에서
아름다운 사계절을 느끼며
어린 물개, 백곰들과

함께 살던 세상을
힘에 부쳤지만
지구를 살리기
위해 애썼다는 것을

벤치에 앉아서

요리조리 편리하게 나 있는 길과
잘 꾸며진 정원
철철이 바뀌 피는 꽃
층층이 아직은 잠들어 있을 사람들
아침 운동으로 아파트를 몇 바퀴
돌고 난 후 아파트 벤치에 앉아서
미래 세상을 그려봅니다

아침햇살에 반짝이는 아파트 사이로 무빙워크가
요리저리 나 있어
집으로 미끄러져 들어가는 사람들
아니 집 밖으로 나올 필요도 없이
출퇴근 없는 세상에서 살지도 모르고
자가용 비행기들이 집 앞에서 이착륙하는
세상에서 멋지게 살 우리의 아기들을 상상하며

부처님 말씀이 아니더라도
일어나지 않은 미래는 걱정하지 말고
지금과 다르겠지만 끝내 우리의 후손들은
현명하게 헤쳐 나가겠지

괜찮아요

착한 오빠입니다
착한 일 하느라고
힘이 듭니다

좋은 사람입니다
좋은 일 하느라고
좋은 사람들을 울립니다

괜찮아요
하늘도 파랗고
괜찮습니다

파란 하늘 아래
부끄럽지 않은 사람 손드세요

젊은 마음 늙은 마음

몸은 늙어도 마음은 그대로
벌인가요 선물인가요
마음만 늙고 육신은 그대로면 영화일까요

나이를 먹을수록
마음은 젊어지고
머리에 서리가 내리면
천진한 아기처럼
순수한 마음이 돼요

시시비비도 잘 가리고
영리할 필요도 없어요
실수투성이 젊은이는 그저 봐주면 되고요
귀여운 아기랑은 같이 놀면 되고요

젊은 마음 늙은 마음 이런 건 없습니다
나이가 어리거나 많거나
똑같이 젊은 마음인 것은
젊은이는 자신들의 마음 헤아려

부모님 섭섭하게 하지 말고
부모 되는 사람은 자기 마음 헤아려
자식을 이해하라는 선물입니다

힘이 듭니다

부모는 아픈 자식을 품고
자식은 아픈 부모를 버린다고요
그렇지 않아요
섭섭해하지도 말고 자책 하지도 말아요
인간은 너무나 약한 존재인걸요

힘든 거예요
짊어진 삶의 무게가 무거워
마음을 그르칩니다
자식이며 부모인 우리
변명할 필요 없습니다
생긴 대로 최선을 다하고 있는 것이니까요

힘이 들면 잠시 쉬세요
오래는 말고요
내 자식 아프게 하지 않으려고
부모님은 얼마든지 기다려 주고 싶지만
힘이 듭니다
우리 모두 힘든 거예요

바보들

마음은 보이지 않아 모르고
눈에 보이는 것도 모릅니다
부모님의 굽은 등 힘없는 걸음도
알아차리지 못합니다

엄마는 늘 예전에
엄마인 줄 알았어요

한 팔을 싱크대에 기대고
설거지하는 엄마의 모습
딸이 말합니다
"엄마 허리 아프다며 왜 그렇게 해
허리 꼿꼿이 세우고 하시지 "

그래도 이 딸은 엄마가 세상 떠나기 전 알았답니다
엄마가 허리 펴시기 힘드시다는 걸
"훌륭해요 너무 늦지 않았잖아요"
바보가 바보에게 말해줍니다

행복하세요

부모가 행복할 때는
자식이 행복할 때다

왜 모르고 살았던가요
불행한 삶을 살고 있다면
당신은 불효자입니다

행복은 마음먹기 나름
당신이 행복하기 위해 사세요
아니 당장 행복하세요

잊지 마세요
당신이 불행하면
당신 아이가 불행하고
당신 부모가 불행하다는 것을

난 현역이다

현역이란 느낌이 들어서 좋다
딸이 '엄마 배고파' 할 때 나는 기쁘다

아직도 난 누군가가 필요로 하는
은퇴 없는 현역 엄마고 할머니다

부드러운 살결 향기로운 냄새
축축하고 끈적한 네 살 선재의 키스 황홀하다
이 사랑스런 아이를 위해 무엇인들 못 해주랴

이 행복 이 느낌
생색낼 마음만 버린다면
누구든 고 고 (Go! Go!)

친구 비

비는 옛 친구
어릴 적 그저 빨간 장화가 좋아서
물웅덩이만 보면 첨벙 마냥 좋았다

사춘기에는 우산이 좋았다
오는 날엔 얼굴에도 마음에도
수줍은 분홍 꽃이 핀
나를 가릴 수 있어서

외로운 나에게
옛 친구 비는 다시 찾아왔다
우린 서로 어릴 적 얘기를 들어주며
함께 걷는다

사람들 실수로 오존층이 벗겨진 해님도
면역성 결여로 발가벗겨진 나에게 슬쩍 장난을 건다
해와 내가 나뒹군다 천둥벌거숭이처럼
광 알러지가 생긴 것도 모르고

친구 비가 다가와 나를 어르며
장난 심한 해님을 가려준다

탄천을 거닐다

백로가 한 발로
태양열로 잘 달궈진
따뜻한 돌 위에 멈춰 서있다
시간을 잃은 듯
두 발로 서있는 사람들을
바라보며

어떤 이들은
갈대 사이로 금실 좋은 원앙과
천진한 새끼 오리들을 훔쳐보며
바쁘게 걷고 있다

어떤 이들은 따가운 햇살 아래
물속을 뚫어지게 보고 있다
시원한 탄천에서 자유롭게 헤엄치는 잉어들을
부러워하면서

어떤 이들은 탄천 둑 벤치에 앉아 꿈을 꾼다
세상 시름 다 잊고

탄천을 거닐며 오래오래
그림 같이 살고 싶다고

제일 억울 하신 신

자신이 십자가에 대신 못 박히며
무엇을 말씀하시려 한 걸까요
"하느님 아버지 그들은 그들이 무엇을 하는지 모릅니다"
말씀 하셨나요
사람들은 이미 자신들의 죄를 신께서 사하셨다고 신을
가림막으로 쓰며
어린아이들까지 세상의 끝으로 몰아
폭탄을 퍼 붑니다
한편 '누구의 이름으로' 하며
자신들의 신을 들먹이며 온갖 테러를 인류에게 자행합니다

누가 신을 위해 나설 수 있을까요
제일 억울 하신 신을 위해
인간들은 전쟁과 테러로
옛날 로마인들에게
자신들의 신을 배신하고 팔아먹은 그들과 같이

오늘 다시 그 면죄부를 내세워
자신들 신을 팔고 있습니다

신은 어제도 오늘도
아무 죄도 없습니다
그들을 벌할지 살릴지
신의 뜻대로 하소서

꼴등도 괜찮아

꼴등도 괜찮은데
일등은 무서운데 이등 될까 봐

만약에 지구에 두 명만 산다면
꼴등도 이등인데

만약에 우주에
두 명만 산다면
서로 네가 일등이라며
꼭 안아주며 말해주지 않을까

먼 우주 어딘가에 살고있는
한 명을 찾고 싶지 않을까

사진 속에서 웃는다

산과 사람 술을 좋아하는 사람
사람만 좋은 사람
싱거운 농을 던지며
인생을 가벼운 소풍처럼 살다간
그런 웃음을 웃고 있었다

등산 가방둘러멘 욕심없는사람
미워할 수 없는 웃음을 웃는 사람
수박 겉핥기로 살고간 인생이라고
고뇌가 없었겠는가
왜 아쉽지 않겠는가

영정사진 속에서
형부가 환하게 웃고있다
사진속에서 누구나 웃는다

사진 밖에서도 웃자
슬퍼도 웃퍼도 그냥 웃자
웃는 걸 보고 또 웃자

5부

그릇에 담긴 시

도예 작품들은 작가가 직접 만든 것입니다

태초에

태초에 아무것도 없었습니다
아니 모든 것이 준비되어
있었는지도 모르겠습니다

무언가 꿈틀댑니다
생기고 무너지고
다시 솟아 오릅니다

엉키고 설키고
다시 스며듭니다
태초의 그것으로

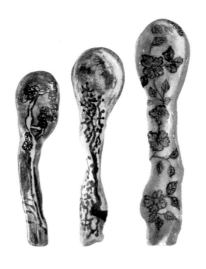

오래된 미소

오천년 세월을
은근과 끈기로 견뎌온
고마운 미소가 있습니다

이 땅에 얼룩진 피눈물의
역사를 씻어낸 미소
우리의 구원의 미소

아직도 생각나는
오래된 미소가 있습니다

옛정

무서운게 정이라며
정때문에 산다며
정녕 정 때문이라며

사랑한다면 될 것을
좋아한다면 될 것을
잘해주면 될 것을

마음 가는 대로 하면 되는 것을
있는 대로 전하면 되는 것을
아프지 않아도 되는 것을
옛정에 마음 따뜻해지는 것을

마중

마중 나가요 옛손을
한걸음에 버선발로
꽃도 나비를 마중 나왔네요

담아봅니다 오방색
우리의 색깔을

놓아 봅니다
내 마음을

느껴봅니다
옛 소반에 놓인
정갈한 음식을
따뜻한 정성을

유영

자유롭게 미끄러지듯 헤엄치고
우아한 몸짓으로 휘감아 솟아오르고
인생이란 무대에서

숨겨놓은 날갯옷을 꺼내어
하늘에 펼쳐 보이며 오르락내리락
남겨놓은 꿈의 자식들을 내어놓는다

매임이 없으니 매듭도 없고
맺힌 것도 없고 풀 것도 없는
나풀나풀 천상으로 오를 삶을
한땀 한땀 기워 낸다

불러본다 내 노래를
천사가 나팔을 불어
화답해 줄 때까지

자취

하늘에 그려진 한옥 기와지붕에서
옛 선을 찾았습니다
고운 한복을 입은 여인의 저고리 앞섶에서
기와집의 옛 곡선을
다시 찾았습니다

화려하게 채색된 고궁 단청
찬란했던 역사와 문화를 느끼지만
오래된 산사에 빛바랜 단청에서
옛 자취를 느낍니다

흥이 절로 나는 풍물패의 춤사위
하얀 천, 흰 고깔, 승무의
바람을 가르는 옷소매 자락
애틋한 버선발의 곡선이 닮았습니다

우리는 과거에도 있고
현재에도 있습니다

겹경사

쌀쌀해지면
홑이불보다 겹이불이 좋고
옷도 겹겹이 입어야 따습고

남산에 올라 내려보면
겹겹이 쌓인 기와지붕들
집집마다 경사 나고

바닷가에 겹겹이 밀려오는 파도 위에
사람들은 정을 쌓으며 즐기고

겹겹이 쌓아 만든 러시아 꿀 케익
메도빅도 친구들과 나누고

겹겹이 메인 산들도 아름답기 그지없고
계곡 자갈돌 주워 겹겹이 쌓아 올려
오두막 짓고 너랑 나랑 살고 지고
새로이 보니 세상사 모두가 겹경사 이고

그릇에 담긴 시

봄 꽃비도 좋고
여름 푸름도 좋지만

내가 만든 그릇에
갓 지은 시들을 담아
말들도 살찐다는 가을에
누구든 맛보게 하고 싶다

맛있어도 맛없어도
삶도 달다 쓰다 하듯이
이래저래 괜찮다

내 그릇

더 담지도 못할거면서
담으려고만 하네

보지도 않고
더 담으려고만 하네

즐기지도 못하면서
더 담으려고만 하네

나누고 비우면 되는 것을
더 담으려고만 하네

인정하면 되는 것을
더 담으려고만 하네

포석정

포석정 맑은 물에
흐르는 푸른 하늘

갓끈 풀어 목에 걸고
도포 자락 깔고 앉아

흐르는 푸른 하늘에
새소리 반주 삼아
술 한잔 띄어 본다

정도 홍도 담궈 본다
시조 한 수 흘려 본다

아이리스

아이리스를 사랑하는
왕자님이 있습니다
그녀가 사랑하는
왕자님이 있었습니다

왕자님은 그녀와
결혼을 했습니다
더 이상 서로 사랑하지 않습니다
사랑해 달라고만 합니다

그도 아이리스도
늙고 병들었습니다
이제 줄 것이라고는
사랑밖에 없습니다

아이리스와 왕자님은
처음처럼 사랑합니다
다시 태어난 것처럼

목련

고귀하고 아름다운 목련은
늙고 추 해지는 자신을 보이기 싫어
낙화암 삼천 궁녀처럼
하얀 열두 폭 치마를 덮어쓰고
몸을 던집니다

백제 의자왕의 젊고 아름다운
삼천 궁녀는 충절을 지키기 위해
열두 폭 치마를 덮어쓰고
낙화암에서 목련꽃처럼 떨어집니다

손짓하는 나무

손짓하며 오라고 합니다
반가워하며 웃어주네요
얼른 가 봐야죠

악수를 합니다
만나서 반갑다고 인사하네요
앉으세요
차 한잔 대접할게요

당신을 알고 싶어요
나를 소개하고 싶어요
우리가 잘 맞는지 알고 싶어요

당신 그늘 아래 멈추고 싶어요
더 알고 싶어졌어요

나랑 구름 베고 누워
파란 하늘 구경 실컷 해 보실래요

옛 친구

친구란 누구라도 될 수 있고
누구라도 돌아서 버릴 수 있습니다

모든 사람이 친구가 될 때가 있습니다
세상이 모두 내 것 같습니다
모두가 낯설어지는 순간
나 혼자입니다

옛 친구가 있습니다
마음이 따듯해지는
좋을 때나 힘들 때나
함께하는 가슴 친구입니다

천지

대지가 일어납니다
잠에서 깨어
기지개를 켭니다

두 팔 두 다리를 쭉 뻗고
참았던 숨을 길게 후 붑니다

산과 들에 온갖 것들이
움틀 데며 솟아납니다
드디어 젖줄이 흐릅니다
만물이 가득 찹니다

화려한 기억

화려해도
누추해도
기억일 뿐입니다

기억이 화려할수록
지금이 누추하게
느껴지는 건

그 화려함을
질투하기 때문입니다

뽐내고 싶군요
즐기세요 내려놓아요

기억 속에 나도 지금의 나도
내가 사랑하는 당신입니다

바람 부는 날

바람 부는 날은
술 한잔하는 날
바람에 업혀
흔들흔들 흔들리는 날

주막에 앉아
한잔 술에
말 못 할 사연
풀어내는 날

술도 풀고 한도 풀고
매운바람 달래려고
처네 둘러 등에 업고
흔들흔들 흔들대는 날

지구별로 날아오르는 파랑새

시인 백종현

시인은 『소크라테스 부인』이라는 시에서 '너 자신을 알라'는 소크라테스의 말을 인용합니다. 소크라테스는 당시 사회를 바라보는 무지한 태도를 회중에 힐책하며 물었을 것입니다. 그러나 악처로 소문난 그의 아내는 밖에서 철학자라 불리며 자신에게는 관심과 사랑을 보이지 않는 남편에게 남에게만 너 자신을 알라고 하지 말고 자신부터 알라고 말할 수 있습니다. 자기 인식이 중요하다는 명언이지만 소크라테스 부인 입장에서는 남편에 대한 부정적 평가로 나타났을 수 있습니다.

시인은 이 시에서 자기 인식의 어려움과 한계를 인정하면서도, 부부 관계 속에서 서로 이해하고 소통하려는 노력을 강조하고 있습니다. 자기 인식과 타자와의 관계성이 얼마나 복잡 미묘한지를 보여주는 시라고 할 수 있습니다.

나는 다 보이는데
너는 네 자신을 볼 수 없지
너는 나를 알 수 있지만
나는 내 자신을 알 수 없지
그래서 부부가 됩니다

너는 나를 나는 너를 보아줍니다
서로 보이는 것을 말해 줍니다
서로가 아는 것을 알려 주려 합니다
사랑하니까요

말을 듣든지 말든지 자유입니다
마주 보든지 돌아서든지
부부는 돌아서면 남이니까요

'너 자신을 알라'
아마도 악처로 소문만 무성한
소크라테스 부인의 말씀인지도 모르겠습니다

『 소크라테스 부인 』전문

"나는 다 보이는데 너는 너 자신을 볼 수 없지, 너는 나를
알 수 있지만 나는 나 자신을 알 수 없지." 부부가 서로를
바라보는 차이에 주목합니다. 객관적으로 바라보기보다는
자기 주관에 빠질 수밖에 없는 모순의 한계를 보여줍니다.

그러나 시인은 이런 차이를 서로 바라봐주는 것으로써 극복할 수 있다고 말합니다. "너는 나를 나는 너를 보아줍니다. 서로 보이는 것을 말해줍니다. 서로가 아는 것을 알려주려 합니다."라고 서로의 상이점에 주목하고 개성을 존중하는 해결책을 제시하고 있습니다.

부부 관계를 통해 인간 존재의 근본적인 딜레마를 성찰하고 자기를 인식하고 타자와의 역동적인 관계를 심층적으로 분석합니다. 인간은 부부는 물론 타자와의 관계 속에서 자신을 발견해 나가야 하며, 이 과정에서 자유와 선택의 문제가 끊임없이 제기된다는 점을 탐구하고 있습니다.

한 여자아이가 엄마 팔베개하고 누워있습니다
고즈넉한 한옥 대청마루에

그 아이는 아무것도 모릅니다
엄마와 아이 밖의 세상은

2023년 하얀 피부를 가진 이 세상에서
제일 귀여운 한 여자아이가
할머니 팔베개를 하고 침대에 누워있습니다

할머니와 그 여자아이는 아무것도 모릅니다
그 후에 세상에 대해서
한옥 대청마루에 누워있던 그 아이는

지금 그녀의 손녀에게
팔베개를 해주고 있습니다

할머니는 손녀에게
모든 것을 다 주고 싶습니다
모든 것을 다 알려주고 싶습니다
그러나 노인도 아이도 아무것도 모릅니다

『 노인과 아이 』전문

　한옥은 전통과 고요함을 상징하며 대청마루는 가족공동
체를 연결하는 공간입니다. 아이는 천진난만하게엄마의
보호 아래 평온한 순간을 보냅니다. 사랑의 시냇물이 흐르
는 발원지에서부터 샛강을 이루고 강물이 되어 흐르고 있
는 가족의 모습을 보여줍니다.
　"2023년 하얀 피부를 가진 이 세상에서 제일 귀여운 한
여자아이가 할머니 팔베개를 하고 침대에 누워 있습니다."
는 시간의 흐름을 통해 자녀를 키웠던 그 자녀가 또 자녀
를 낳아서 내리사랑을 하고 있습니다. 과거의 엄마가 이제
는 할머니가 되었습니다.
　세상이 변해도 사랑의 행위는 인류의 보편적인 본질을
드러냅니다. 또한, 아무것도 모른다는 의미는 할머니와 아
이의 사랑과 만족감 이외에 다른 오염된 감정이 없는 순수
한 상태입니다.
　할머니는 아이에게 팔베개를 베어주고 모든 것을 주고

싶어 합니다. 아이에 대한 사랑과 핏줄에 대한 애착을 느낄 수 있습니다. 시간의 순환을 통해 사랑이 어떻게 대물림되는지를 보여줍니다. "모든 것을 다 알려주고 싶습니다"라는 할머니의 바람은 인생의 지혜를 전해주고자 하는 마음입니다. 그러나 "노인도 아이도 아무것도 모릅니다"라는 결론은 많은 것을 경험하고 배우더라도 인간은 여전히 무지하다는 한계를 상기시킵니다.

이 시는 철학적으로 인간의 본질을 묻습니다. 모든 세대가 반복하는 사랑의 행위 속에서, 우리는 무엇을 알고 무엇을 모르는가? 인간은 지식을 추구하지만, 결국 삶의 본질에 대한 무지를 극복하지 못한다는 점을 고백합니다. 지식과 지혜의 한계를 인식하고, 그 속에서도 사랑을 나누는 인간의 모습을 강조하고 있습니다.

파랑새를 찾아 길을 떠났어요
초록색별을 지나 주황색별 너머로

옥이 철이 우리 반 아이들도 뿔뿔이 헤어졌어요
그날 하늘에서 하얀 섬광이 비쳤는데
하얀 비가 오래오래 내렸어요
파랑새를 찾으면 꼬옥 안아주면서
파란 별 지구를 봤냐고 물어볼 거예요
은하수를 건너갔을까요

지구를 찾으면

파랑새와 친구들을 만날 거예요
많이 보고 싶었다고 말할 거예요
지켜주겠다고 말할 거예요

내 가슴에 품어 따뜻하게 해줄 거예요

지구에서 오래오래
함께 살 거예요

오래전에 멀고 먼 우주 저편에서
초록별들 넵튠, 유레 이노스, 주황별들 세턴, 말 소를 지나
파랑새와 함께 행복을 찾아 파란 별지 구로 왔어요
서로 안아주며 평화롭게 오래오래 살 거라며
난 그때처럼 다시 파랑새를 꿈꾸네요
전쟁으로 파괴되고 오염된 이 지구에서
파란 하늘 파란 바다를 다시 꿈꾸네요

『 파랑새는 어디에 』전문

　상실과 희망, 그리고 평화와 치유를 주제로 한 작품입니다. 파랑새를 찾는 여정을 통해 인간의 희망과 꿈을 묘사하고 있습니다. '초록색별'과 '주황색별'은 각각 넵튠과 유레 이노스를, 세 회전과 말 소를 가리키며, 이는 우리가 사는 지구와 대비되는 신비롭고 환상적인 공간으로 파랑새가 하나의 메타포 metaphor로 다가옵니다. 이 과정에서

'옥이 철이 우리 반 아이들도 흩어지게 되는데, 이는 상실의 경험을 나타내며, 그 순간에 하얀 섬광과 비가 내리는 장면은 파토스 pathos 적 이미지를 강조합니다.

파랑새를 찾으면 그에게 파란 별 지구에 관해 물어보고 싶다는 소망을 담고 있습니다. 상실 이후의 순수함을 회복하려는 의지를 상징합니다. 파랑새를 찾는 일이 단순한 물리적 탐색을 넘어서 마음의 위안을 찾는 여정도 함께합니다.

파랑새와 친구들을 만나고, 그들에게 지구에서의 따뜻함을 약속합니다. 단순한 재회가 아니라, 서로를 지켜주려는 보호와 치유의 차원입니다. 시인은 지구에서 오래오래 함께 살겠다는 희망과 미래에 대한 긍정적인 기대감을 표출합니다.

과거를 회상하며, 우주 저편에서 파랑새와 함께 행복을 찾아 지구로 왔던 상상을 이야기합니다. '초록별들'과 '주황별들'을 지나 파란 별 지구로 왔다는 표현은 인간이 꿈꾸던 이상향이 지구이며, 파랑새와 함께하는 삶이 평화롭고 행복했다는 것을 의미합니다. 전쟁과 오염으로 파괴된 지구를 언급하며, 파란 하늘과 바다를 소망하고 있습니다.

이성애 시인은 친 환경주의자이기도 합니다. 시인은 농장을 운영하면서 자연식을 실천하고 자연회복을 꿈꾸면서 파랑새를 찾아보려는 희망을 실천하고자 합니다. 전쟁과 오염으로 파괴된 현실 속에서 시인은 파랑새 한 마리를 날려 보내므로 환경문제의 심각성을 깨닫고 실천하며 깨끗한 세상을 후대에 물려주기를 갈망하는 인식의 전환을 가져옵니다.

꼴등도 괜찮은데
일등은 무서워 이등 될까 봐

만약에 지구에 두 명만 산다면
꼴등도 이등인데

서로 네가 일등이라며
꼭 안아주며 말해주지 않을까

먼 우주 어딘가에 사는
한 명을 찾고 싶지 않을까

이 세상 모든 싸움은 남보다 잘나가기 위해서일 거예요
일등도 이등도 꼴등도 부질없는 그것 알면서
왜 연연할 수밖에 없는 걸까요

『꼴등도 괜찮아』 전문

경쟁과 순위에 대한 고민을 진솔하게 풀어낸 작품입니다. 우리가 겪는 경쟁에서 느끼는 압박과 그것에서 벗어나고자 하는 시적 자아를 표출합니다.

"꼴등도 괜찮은데 일등은 무서워 이등 될까 봐"에서 시인은 "꼴등"이라는 두려움과 "일등"의 부담과 스트레스를 드러냅니다. 최고가 되려는 압박과 불안이 얼마나 무거운지를 말합니다. 1등은 2등이 될까 봐 두려워하지만, 꼴등은 1등을 포기했으니 오히려 마음이 홀가분합니다.

"만약에 지구에 두 명만 산다면 꼴등도 이등인데"라는 경쟁이 무의미해지는 상황을 상상합니다. 지구에 단 두 명만 산다면 순위 매김 자체가 무의미해지고, 자연스럽게 경쟁에서 벗어날 수 있게 됩니다.

"만약에 우주에 두 명만 산다면 서로 네가 일등이라며 꼭 안아주며 말해주지 않을까"는 너무나 큰 우주이기에 등수가 필요 없는 것이지요. 거대한 공간 속에서 경쟁보다는 서로를 인정하고 위로하는 모습이 그려집니다. 인간 본연의 따뜻한 관계와 이해를 말하고 싶었을 것입니다.

"먼 우주 어딘가에 사는 한 명을 찾고 싶지 않을까"는 고독 속에서 누군가와의 연결을 원합니다. 관계를 맺고, 소속감을 느끼고 싶어 하는 마음이 들어있습니다.

"이 세상 모든 싸움은 남보다 잘나가기 위해서 몸부림치는 것입니다. 일등도 이등도 꼴등도 부질없다는 것 알면서도 왜 연연할 수밖에 없는 걸까요."라는 질문으로 끝을 맺으면서 경쟁의 본질을 직시합니다. 부질없다는 것을 알면서도 여전히 연연하는지에 대한 의문을 제기합니다. 꼴등으로 내려 앉아봐야 우월의식에 사로잡혔던 허상이 무엇인지를 깨닫게 되는 복잡한 심리를 묘사하고 있습니다.

단순히 경쟁을 비판하는 것에서 그치지 않고, 인간의 따뜻한 관계와 이해, 그리고 고독 속에서의 소통의 중요성을 강조합니다. 경쟁이 지배하는 현대 사회에서 우리가 진정으로 추구해야 할 것이 무엇인지 되새기게 하는 시입니다.

헤어지기 싫어
애가 탄 해님은
온 하늘을 붉게 물들이고

구름은 해님을 위로하며
하늘 위에 은실 금실 수를 놓는다

지는 내 젊음이 아쉬워
구름으로 엮어서 노을에 걸었건만
기우는 황혼에
멀리서 지켜보던 달님도
차라리 잠을 청한다

푸르름을 섞어
보랏빛 비단이불을 펼친다

『 황혼 』전문

시인의 "황혼"은 자연 현상과 삶을 병치시키면서 황혼의
시간과 인생의 막바지를 감정이입 합니다. 이러한 묘사는
독자가 시인의 감정에 공감할 수 있게 합니다. 해님, 구름,
달님 등의 자연 요소를 의인화하였고 "헤어지기 싫어 애가
탄 해님은 온 하늘을 붉게 물들이는 해님."은 해가 지기 전
의 모습을 상징합니다. 헤어지기 싫어하는 마음은 하루가
끝나는 것을 아쉬워하는 심정과 비슷합니다. 붉게 물드는
하늘은 애타는 마음을 드러내며, 황혼의 아름다움과 동시

에 서글퍼지기도 합니다.

"구름은 해님을 위로하며 하늘 위에 은실 금실 수를 놓는
다."고 하며 구름이 해님을 위로하는 존재로 등장합니다.
은실과 금실로 수 놓는 모습은 자연의 화려한 색채를 시각
적으로 생생하게 표현하여 생의 마지막 순간까지도 아름
답게 남고자 하는 욕구라고 봅니다.

지는 젊음이 아쉬워 구름으로 엮어서 노을에 걸었다고
시인은 시간이 지나감을 아쉬워합니다. 구름으로 엮어 노
을에 걸었다는 표현은 시간을 붙잡고 싶어 하는 마음으로
나타나며, 인생의 황혼기에 접어든 시인의 모습이기도 합
니다.

"기우는 황혼에 멀리서 지켜보던 달님도 차라리 잠을 청
한다."고 인생의 막바지를 멀리서 지켜보던 달님이 잠을
청하는 모습으로 페르소나 persona화 하였습니다. 인생의
마지막 순간에도 안식을 찾습니다. 하여 보랏빛 비단이불
을 펼쳐 생의 끝자락에서 평화롭고 아름답게 마무리되는
순간을 기대합니다.

"지는 오늘이 더 아름답다."는 말도 있습니다.

무슨 일을 해도
잘못됨이 없는 나이인가요
이름은 예뻐요
고희야~
네 ~고희입니다

먹는 것도 절제가 안 되고요
보고 싶은 것도 많고요
칭찬을 들으면 풍선 달고
하늘까지 둥둥
일곱 살 아이
아프면 서글프고
헐레벌떡 따라가도
모르는 것이 너무 많아
억울한 노인 아이
가벼운 말에도 상처받고
훌훌 털어 버리지도 못하는
나 고희입니다

『나 고희입니다』 전문

　나이는 고희 (칠십)이지만 맘과 행동은 떼쟁이 일곱 살
손녀와 다를 바 없지요. 떼도 못 부리고 글에다 풀어봅니
다. 고희 이름은 참 예쁘네요. 곱게 나이든 고희~야 고희!
나이와 감성의 불일치로 내적 갈등을 겪으며 고희를 맞은
나이지만, 마음과 행동은 어린아이와 다를 바 없다고 합니
다. 나이 든 몸과 어린 마음 사이의 간극을 보여줍니다. 식
욕, 호기심, 칭찬은 마치 일곱 살 손녀와 다를 바 없다는 표
현은 귀엽기까지 합니다.
　한편으로 노인의 특징도 드러납니다. 아프면 서글퍼져서
젊은 날의 생기발랄했던 추억을 떠올리며 나이의 한계를
초월하지 못합니다, 젊은 날에는 아는 것도 많았지만 나이

가 들면서 모르는 것이 많아 억울해하기도 합니다. 오히려 철이 들어가고 있다는 방증이기도 합니다. 가벼운 말에도 상처받는 모습은 나이 들어가는 것에 따른 연약함을 보여줍니다. 모순된 면모를 솔직하게 드러냅니다.

유년과 노년 속에서 공존하는 내면을 들여다보며 자기의 삶을 사랑하는 모습도 보게 됩니다. 세월 속에 서 혼란과 갈등이 있지만, 여전히 동심의 세계 속에 노는 공주 같은 모습에 대해 시인은 안타까움을 느낍니다. 자신이 걸어온 성실한 삶을 순백한 표현으로 '억울한 노인 아이'라고 하며, 가벼운 말에도 상처받는 연약함을 토로하지만 억울하다는 것은 그만큼 더 사랑받고 있었다는 뜻이기도 합니다.

이러한 모순적 자아를 인정하고 받아들이려 노력으로 자신의 이름을 '고희'라고 부릅니다. 고희에 대한 애정을 드러내며, 자신을 '곱게 나이든 고운 희'라고 은유적 발상의 전환을 가져옵니다.

하얀 머리털을 이슬로 감고

한낮 볕으로 바싹 말려

머리 틀어 쪽을 찌고

낯선 무덤가에 피어

오가며 인사하는 사람들에게

고맙다 반갑다 응대하며

저마다 자태를 뽐내는 꽃들에 들려줍니다

피고 나면 곧 지고 만다고
지고 나면 달고 단 열매를 거둘 수 있다고

자만한 사람들에게도 속삭입니다
달고 단 열매가 독이 될 수 있다고

어느 묘비 옆에서 기막힌 사연 듣느라
할미꽃 등이 굽은 사연을

할미꽃은 무덤가에 피어 이승에서 상처받은 영혼들의
사연을 들어주고 위로해줄 듯하네요

『 할미꽃 』중에서

이성애 시인의 "할미꽃"은 삶과 죽음, 인간 존재의 의미를 탐구하는 작품입니다, 자연과 인간의 감정을 깊이 있게 연결합니다. 할미꽃은 무덤가에 피어나는 꽃으로, 상처받은 영혼들의 이야기를 듣고 위로하는 역할을 하고 있습니다. 이러한 설정은 꽃이 가진 생명력과 덧없는 감정을 불러일으킵니다.

하얀 머리털을 이슬로 감고 있는 할미꽃의 이미지는 참신한 발상입니다. "피고 나면 곧 지고 만다."라고 무상함을 강조하며, 모든 생명이 결국에는 지고 만다는 자명한 진리를 상기시킵니다. 하지만 이 과정에서 "달고 단 열매를 거둘 수 있다"는 메시지는 삶의 희망과 가치에 대한 긍정적인 시각을 제시하기도 합니다.

또한, 자만한 사람들에게 독이 될 수 있다는 열매는 경고의 의미를 담고 있습니다. 일상에서 겸손과 절제의 필요성을 일깨우며, 자연과 인간이 어떻게 조화를 이루어야 하는지를 보여줍니다.

묘비 옆에서 사연을 듣는 할미꽃의 모습은 독자에게 공감과 위로를 줍니다. 인간의 고통과 슬픔을 공유하려는 사유의 힘을 지니고 있습니다.

할미꽃은 그 존재 자체로 상처받은 영혼들에 위로와 희망을 제공하며, 삶과 죽음의 경계에서 그들의 이야기를 듣고 소통하는 소중한 임무를 수행합니다.

더 나아가서 할머니가 되어가는 시인이 살아가는 여정에서 할미꽃 역할을 감당해야 하기에 그들의 이야기를 들어주느라 허리를 낮추다 보니 허리까지 굽어야 하는 희생과 사명까지 감수합니다.

오늘도 당신을 본다는 기적에
감사합니다

내일은 없는 듯
모른 척할래요
알려 주려 하지 마세요

따뜻해요 다정해요
넘치지 않아요. 당신

오늘만 기억할래요
내일은 다시
내일의 오늘만 기억할래요

오늘 당신을 사랑합니다
내 그릇 만큼
성에 차지 않아도
내 사랑입니다

당신과 같은 땅을 밟고 있는
기적에 감사합니다

『오늘도 당신을 본다는 기적』 전문

　사랑과 존재의 소중함을 깊이 있게 탐구하며 일상의 순
간에 대한 감사와 사랑의 감정을 표출합니다. "오늘도 당
신을 본다는 기적에 감사"는 일상 속에서 사랑하는 사람과
함께하는 것의 특별함을 일깨워줍니다. 일상은 위대하며
그 자체로 기적이라는 인식을 통해 일상은 뛰어넘으면 비
범하게 될 수 있습니다.
　"내일은 없는 듯 모른 척할래요"라며 미래에 대한 불확
실성을 암시하고, 현재의 소중함을 말합니다. 내일에 대한
걱정이나 불안보다는 지금, 이 순간을 온전히 받아들이고
사랑하겠다는 의지가 드러납니다. 삶의 순간들을 소중히
여기고, 현재의 감정을 충실히 느끼려는 태도를 지녀야 합
니다.

"당신과 같은 땅을 밟고 있는 기적에 감사합니다"라며 사랑하는 사람과의 연결성과 존재 자체로 위로와 힘을 받는 모습이 보기 좋습니다.

시인은 근래 연달아 가까운 가족을 보내면서 시집 상재를 서둘렀습니다. 하여 사랑을 잃어본 경험이 현재의 소중함을 더 깊이 깨닫게 된 듯합니다. "차마 버리지 못한 이기심으로 내 사랑이 내 성에 차지 않습니다"라고 내면의 복잡한 감정을 드러내며, 사랑의 한계를 느끼는 동시에 그 사랑이 얼마나 귀중한지를 말합니다.

"오늘도 당신을 본다는 기적"은 사랑의 소중함과 존재의 의미를 탐구하며 사랑하는 사람과의 관계를 깊이 있게 바라보도록 유도합니다. 일상에서 작은 기적들을 발견하고 감사하는 마음을 일깨우며, 삶의 의미를 다시금 되새기게 만드는 힘이 있는 귀한 시입니다.

딸이 딸했다
엄마가 되게 했고
철없던 구 남매의 막내딸이
어른이 되게 했다

겁많은 순둥이 엄마가
내 딸을 지키기 위해
용감해지고 참을 줄도 알고
화도 낼 줄 알게 되었다

산도 넘고 물길도 헤치고
딸은 엄마가 되었고
내 엄마의 딸이었던 엄마는
이제 이 말을 전하고 싶단다
딸아! 네가 내 딸인 것만으로
딸이 딸했다

『 딸이 딸했다 』전문

자기 몫을 훌륭히 해냈을 때 누가 누구 했다고 합니다. 엄마는 자식들에 존재만으로 자식들의 몫을 다했다고 생각합니다. 부모와 자식으로서 서로에게 해줄 수 있는 위로의 말이기도 합니다. 세대 간의 사랑 또는 딸과 엄마의 관계를 중심으로, 부모의 사랑과 자식의 성장 과정을 그려내고 있습니다.

"딸이 딸했다."는 단순한 메티포 metaphor로 전해지면서도 강렬한 표현으로 다가옵니다. 딸이 자신의 역할을 잘 해내고 있다는 의미를 담고 있습니다. 이는 딸의 성장과 성취를 통해 부모로서의 존재 의미를 되새기는 중요한 메시지를 전달합니다. 딸이 성장함으로써 엄마로 성장하게 되고, 세대 간 생명공동체 관계를 형성해 나갑니다. 이러한 묘사는 독자가 시인의 감정에 공감대를 형성할 수 있게 합니다.

엄마가 되는 과정은 딸이 엄마에게 주는 힘과 영감이 있습니다. 딸의 존재가 엄마에게 어떤 변화를 가져왔는지를 드러내며, 엄마가 두려움과 불안 속에서도 용감해지고 참을성을 배우게 되었다는 점에서 모성애가 큽니다. 자식을 통하여 어머니는 더욱 성숙해졌다는 사실을 깨우쳐주고 자식이 부모에게 미치는 긍정적인 영향을 잘 말해줍니다. 산도 넘고 물길도 헤치는 육아의 어려움을 도전으로 받아들이며, 어떤 고난을 감수하는지를 시각적으로 전달합니다. "딸아! 네가 내 딸인 것만으로"라고 부모가 자식을 사랑하는 조건 없는 마음을 잘 표현합니다. 자식의 존재가 부모에게 얼마나 큰 위안과 기쁨이 되는지를 강조합니다. 원체험과 추체험을 총체적 심리로 탐색합니다. 가족의 사랑이 어떻게 서로를 변화시키고 위로하는지를 잘 나타내고 있습니다.

무지개다리를 건너가야 합니다
내가 사랑하는 사람들이
무지개다리를 건너갔습니다
무지개다리가 어디 있는지 아시나요
길을 잃었어요
푸른 숲에서 새들의 노랫소리에 취해
별도 없는 들판에서 외로움에 떨며
뜨거운 사막에서 물을 찾아 헤메이다
바다와 하늘 땅이 맞닿은 곳에서
길을 잃었는데
어디 있는지 아시나요 무지개다리가
어느 날 길을 가다가 낯이 설은 골목에서

누군가 무지개다리는
요양원에 있다고 일러줍니다

요양원에 계시던 언니가 그 너머 무지개다리를 건너가셨어요

『어디 있는지 아시나요』전문

　상실과 그리움, 그리고 사랑하는 이들과의 재회를 갈망
하는 마음을 담은 작품입니다. '무지개다리'를 통해 이 땅
에서 함께 했던 형제간의 우애와 이별의 죽음과 그 이후의
세계를 탐구하며, 잃어버린 존재에 대한 그리움을 표현합
니다.
　"무지개다리를 건너가야 합니다"는 이별과 죽음을 암시
하며, 사랑하는 사람들이 이미 그 다리를 건넜다는 사실을
전합니다. 사랑하는 사람의 죽음을 맞이할 때 그리움과 상
실을 알게 됩니다. 생사고락을 함께했던 언니가 무지개다
리를 건넜고, 심골을 분지르는 아픔으로 다가옵니다.
　그래서 길을 잃었고 혼란과 고독으로 점철됩니다. 푸른
숲, 별 없는 들판, 뜨거운 사막 등의 이미지들은 각기 다른
환경에서 외로움과 고통으로 나타납니다. 사랑하는 이를
잃은 슬픔이 얼마나 깊고 다양한지를 보여줍니다.
　또한 "바다와 하늘 땅이 맞닿은 곳에서"라는 구절은 삶과
죽음, 현실과 비현실의 경계의 탐색을 의미합니다. 이 표
현은 수평선과 지평선을 생각하며 각기 다른 것들이 맞닿
은 것을 통해 사랑하는 사람과의 재회를 갈망하는 간절함

을 드러내며, 그리움의 감정이 얼마나 절실한지를 말해줍니다.

"무지개다리는 요양원에 있다고 일러줍니다"라고 의외의 전환으로 반전합니다.

'한 번 들어가면 살아서는 나오지 못한다.'라는 말이 있습니다. 이곳에 계시다가 가시는 분들의 마지막 다리가 요단강을 건넌다는 말과 일맥상통함을 볼 수 있다. 하지만, 그곳에서 서로의 존재를 느끼고 기억할 수 있고 다리를 건너는 것은 추락이 아니라 다른 세상을 암시하는 소망의 긍정적인 의미를 부여합니다.

"어디 있는지 아시나요?"는 상실의 슬픔과 그리움, 그리고 사랑하는 이들과의 연결을 탐구하는 시로, 독자에게 깊은 감정적 여운을 남깁니다. 죽음 이후에도 사랑의 기억이 어떻게 지속하는지를 성찰하게 하며, 삶과 죽음의 경계를 넘나드는 인간의 마음을 잘 표현하고 있고 금생과 내생의 연결성을 깨닫게 하는 생사의 의미를 깨닫게 하는 시입니다.

21세기 현대 시에 나타나는 언어의 유희성과 기호성과는 거리가 있는 일상의 언어를 가지고 자연과 우주와 나이 들어가는 시간을 소통과 화해의 몸짓으로 풀어가며 파랑새를 찾아 날아오르려는 모습이 보기 좋습니다. 시인이 손녀와 양식집에 가서 "치르치르 미치르"라는 메뉴를 고르지는 않을까 상상해 봅니다.

오늘도 당신을 본다는 기적

이성애 시집

인쇄 2024년 09월 02일
발행 2024년 09월 25일

발행인 이은선
발행처 반달뜨는 꽃섬 [서울시 송파구 삼전로 10길50, 203호]
연락처 010 2038 1112   E-MAIL itokntok@naver.com

ⓒ 이성애, 저작권 저자 소유

ISBN 979-11-91604-45-0 (03810)